REPRÉSENTATION PROPORTIONNELLE

DES MINORITÉS

AU MOYEN D'UNE

NOUVELLE MÉTHODE DE SCRUTIN

PAR

A. BAYSSELLANCE

INGÉNIEUR DES CONSTRUCTIONS NAVALES EN RETRAITE
ADJOINT AU MAIRE DE BORDEAUX

[Extrait des *Mémoires de la Société des Sciences physiques et naturelles de Bordeaux,*
t. III (2e Série), 2e cahier.]

PARIS

LIBRAIRIE SANDOZ ET FISCHBACHER

G. FISCHBACHER, SUCCESSEUR

33, rue de Seine, 33

1879

REPRÉSENTATION PROPORTIONNELLE

DES MINORITÉS

AU MOYEN D'UNE

NOUVELLE MÉTHODE DE SCRUTIN

PAR

A. BAYSSELLANCE

INGÉNIEUR DES CONSTRUCTIONS NAVALES EN RETRAITE
ADJOINT AU MAIRE DE BORDEAUX

[Extrait des *Mémoires de la Société des Sciences physiques et naturelles de Bordeaux,*
t. III (2e Série), 2e cahier.]

PARIS

LIBRAIRIE SANDOZ ET FISCHBACHER

G. FISCHBACHER, SUCCESSEUR

33, rue de Seine, 33

1879

REPRÉSENTATION PROPORTIONNELLE

DES MINORITÉS

AU MOYEN D'UNE

NOUVELLE MÉTHODE DE SCRUTIN

PAR M. A. BAYSSELLANCE

Ingénieur des constructions navales en retraite,
Adjoint au Maire de Bordeaux.

Depuis que le gouvernement représentatif a été adopté par la plus grande partie des peuples civilisés, on s'est beaucoup préoccupé des moyens d'assurer la nomination d'un Parlement représentant l'opinion du pays de la façon la plus exacte possible. Il est essentiel, pour atteindre ce but, non seulement que la majorité des mandataires corresponde à la majorité des électeurs, mais aussi que chaque opinion différente obtienne un nombre de représentants proportionnel au nombre de ses adhérents. L'équité exige cette représentation des minorités, et les considérations politiques les plus sérieuses demandent que toutes les opinions qui trouvent dans le pays un appui réel, puissent être discutées au Parlement. C'est là un principe si universellement admis, que nous ne perdrons pas notre temps à le discuter. Nous le prendrons pour point de départ, et nous allons étudier les moyens d'arriver à y satisfaire le mieux possible.

Les méthodes de scrutin employées jusqu'à ce jour en France laissent, il faut bien le dire, tout à désirer sous ce rapport. Avec le scrutin de liste, comme avec le scrutin uninominal, si la répartition des partis était parfaitement homogène dans le pays, la majorité, si faible qu'elle fût, emporterait la totalité des nominations, et la minorité, ne fût-elle séparée que par quelques voix de la majorité, n'en obtiendrait pas une seule.

Nous pouvons citer un exemple frappant des dangers de ce système. Il y a dix ans, l'Église réformée de Paris avait à renouveler son conseil presbytéral. Elle se trouvait partagée à peu près par moitié entre deux tendances opposées. La lutte fut vive, et sur trois mille votants, le parti autoritaire l'emporta de 30 à 40 voix à peine sur le parti libéral. Il n'en prit pas moins énergiquement le pouvoir en main, ne tenant aucun compte des droits de ses adversaires, et fit si bien que se trouvant privés de tout pasteur sympathique à leurs idées, ceux-ci ont été obligés de créer à leurs frais un service religieux spécial. Cette déplorable scission n'eût certainement pas eu lieu, si le parti libéral avait eu au sein du conseil presbytéral, pour défendre ses droits, un nombre de représentants proportionnel à son importance.

Dans des élections s'étendant à tout un pays, les choses ne peuvent se passer d'une façon aussi absolue. La répartition des opinions variant beaucoup suivant les contrées, il s'établit d'un collége à l'autre une sorte de compensation, mais dont le résultat est purement aléatoire, et l'exacte proportionnalité des nominations, qui devrait être la règle dans un mode de scrutin rationnel, ne peut être qu'une heureuse exception.

Le hasard joue un si grand rôle dans cette compensation, qu'il pourrait arriver qu'elle s'établît en sens inverse, et qu'une minorité assez faible obtînt la majorité dans le Parlement. Faisons en effet une hypothèse extrême, et supposons qu'un parti l'emporte d'un petit nombre de voix dans une faible majorité des colléges, sans en obtenir aucune dans les autres; qu'il ait, pour fixer les idées, les $\frac{51}{100}$ des voix dans les $\frac{51}{100}$ des colléges. Il aura la majorité dans le Parlement, et cependant il ne comptera pour lui, en tout que $\frac{2601}{10000}$, c'est-à-dire un peu plus du quart des électeurs. La représentation du pays peut donc être complètement faussée.

Différents procédés ont été proposés pour éviter ces graves inconvénients, mais jusqu'à présent aucun n'a paru être bien pratique. Le *vote accumulé* a été fort préconisé, mais il suppose une tactique savante, qui n'est guère applicable avec le suffrage universel. Pour arriver par ce procédé à une représentation proportionnelle, il faudrait que dans chaque parti un comité

directeur dictât le vote de chacun des électeurs, après avoir
déterminé exactement d'avance le nombre des voix sur lesquelles
il peut compter, et en avoir déduit le nombre des nominations
auxquelles il a droit de prétendre. Il peut arriver sans cela, soit
qu'il concentre les votes sur un nombre de noms trop faible, soit,
au contraire, qu'il les éparpille sur un nombre trop grand, et
n'obtienne pas de nominations du tout. Cette tactique peut se
réaliser lorsqu'on a affaire à une centaine de votants, mais elle
est complètement impossible dans des colléges qui en renferment
plusieurs milliers. Il ne serait, du reste, pas bien facile de faire
comprendre à une grande partie des électeurs, qu'ayant plusieurs
députés à élire, ils doivent nommer plusieurs fois le même.

On a pensé aussi, en conservant les mêmes circonscriptions
que pour le scrutin de liste, à ne faire porter par chaque électeur
qu'un seul nom sur son bulletin : on exigerait un nombre de voix
déterminé pour être élu, et on reporterait les voix que certains
candidats auraient en trop sur d'autres candidats du même parti.
Mais il faudrait, pour cela, classer les candidats en partis nettement
déterminés, ce qui serait souvent impossible, et reporter les voix
des électeurs sur des candidats qui n'auraient pas toujours leurs
sympathies. Ce serait ouvrir une porte à l'arbitraire, et accentuer
les divisions des partis. Ce n'est pas là l'idéal à poursuivre. Mieux
vaut chercher l'apaisement et la conciliation, et faire désigner
librement par chaque électeur les hommes qu'il croit les plus
capables et les plus dignes de le représenter.

C'est en cherchant à améliorer ce dernier procédé que nous
sommes arrivé à une méthode assez simple, qui nous semble
atteindre ce double but : obtenir une représentation proportionnelle
des différentes opinions, et donner à l'électeur la plus grande
liberté et la plus grande compétence possible dans son choix.
Voici quelle serait la manière de procéder :

Le pays étant divisé en grandes circonscriptions, comme pour
la scrutin de liste ordinaire, les électeurs seraient invités à inscrire
les noms des candidats sur leurs bulletins, non plus au hasard,
mais par ordre de préférence.

Dans chaque bureau électoral, le dépouillement serait fait

séparément pour les noms placés au premier rang, puis au second, puis au troisième, etc., etc.

Au chef-lieu de la circonscription, on ferait l'addition de ces différents dépouillements, et on proclamerait élu tout candidat ayant obtenu au premier rang une fraction du nombre des voix émises inversement proportionnelle au nombre des députés à nommer, $\frac{1}{10}$ s'il y a dix députés, $\frac{1}{7}$ s'il y en a sept, etc., etc.

On ferait ensuite l'addition des voix données dans les deux premières lignes réunies des bulletins, et on proclamerait également élus les candidats ayant réuni $\frac{1}{8}$ des suffrages, s'il reste 8 députés à élire, $\frac{1}{5}$ s'il en reste 5, etc., etc., défalcation faite de ceux qui ont été proclamés après le dépouillement de la première ligne seule.

La même opération serait faite successivement sur l'ensemble des trois premières lignes, puis des quatre premières, et ainsi de suite, en exigeant chaque fois un nombre de voix croissant en proportion inverse du nombre des députés restant à nommer après chaque nouveau dépouillement.

Si, au bout d'un certain nombre d'opérations, il s'en trouvait une qui donnât plus de candidats remplissant cette condition qu'il ne resterait de siéges à pourvoir, la majorité relative prononcerait entre eux.

Si, au contraire, après le dépouillement complet de toutes les lignes, il restait encore un ou plusieurs siéges vacants, aucun des candidats ne réunissant le nombre de voix nécessaire, ces siéges seraient attribués aux candidats ayant obtenu la majorité relative sur l'ensemble des votes émis. Ce dernier cas se présenterait toutes les fois qu'après le dépouillement d'un certain nombre de lignes, on arriverait à n'avoir plus qu'un seul député à élire, car il faudrait alors, pour suivre la même loi, qu'il réunît l'unanimité des suffrages.

Nous allons éclaircir notre idée par des exemples. Supposons d'abord, dans une circonscription ayant dix députés à élire, deux listes seulement en présence, réunissant pour adhérents, l'une 60 %, l'autre 40 % du nombre des votants (tableau n° 1). Au dépouillement des noms portés en première ligne, il ne faut, pour être élu, que $\frac{1}{10}$ du nombre des voix émises; le premier candidat de chaque liste sera donc proclamé. Le deuxième le sera de même au second dépouillement, ainsi que le troisième et le quatrième aux dépouillements suivants, car deux nouveaux députés étant élus chaque fois, il faudra successivement $\frac{1}{8}$ ou 12,5 %, $\frac{1}{6}$ ou 16,7 %, $\frac{1}{4}$ ou 25 % du nombre des votants, quantités inférieures au nombre des adhérents de chaque liste.

Mais lorsqu'il ne restera plus que deux députés à élire, il faudra 50 % du nombre des voix émises, et la première liste seule pourra les donner à son cinquième candidat. Il restera encore un siége vacant, et la majorité relative le donnera au même parti, puisqu'il est le plus nombreux. Il obtiendra donc en tout 6 siéges, pendant que l'autre en aura seulement 4 : nombres proportionnels à leurs forces respectives.

Supposons qu'au lieu de deux listes seulement, il y en eût trois en présence, réunissant l'une (liste A), 50 %; une autre (liste B), 30 %, et la dernière (liste C), 20 % du nombre des votants (tableau n° 2). Au premier dépouillement trois candidats seront nommés. Au second, il en sera encore de même, car il ne faudra que $\frac{1}{7}$ ou 14,2 % du nombre des votants. Mais au dépouillement collectif des trois premières lignes, il faudra $\frac{1}{4}$ ou 25 % des voix; les listes A et B seules feront passer leur troisième candidat. Il restera deux députés à nommer : la liste A seule pouvant réunir la moitié des voix, son quatrième candidat sera élu, et elle obtiendra également le dernier siége à la majorité relative. Elle aura donc obtenu en tout 5 nominations, la liste B, 3, et la liste C, 2 : nombres proportionnels à ceux de leurs adhérents.

Le principe très simple de ce système étant clairement établi, nous allons examiner les résultats qu'il donnera dans les différents cas qui peuvent se présenter, et nous assurer s'ils seront toujours aussi satisfaisants que ceux que nous venons de constater, sous le rapport de la répartition proportionnelle.

Prenons pour type une circonscription ayant dix députés à nommer, et examinons d'abord le cas où deux listes seulement seront en présence, les partis étant nettement divisés, et votant avec une discipline parfaite.

Pour que l'une des listes obtienne une nomination, il faut qu'elle dispose au moins de $\frac{1}{10}$ des voix. Deux candidats étant élus au dépouillement des noms du premier rang, $\frac{1}{8}$ des voix deviendra nécessaire pour obtenir une seconde nomination. Après le second dépouillement, six députés seulement restant à nommer, la liste la plus faible devra réunir $\frac{1}{6}$ des voix pour avoir encore un candidat élu. Après le troisième, il en faudra $\frac{1}{4}$. Quant à obtenir une cinquième nomination, une liste n'y arrivera que si elle a pour elle la moitié au moins des votants, et pour peu qu'elle dépasse ce chiffre, elle obtiendra également le dernier siége à la majorité relative. Nous pourrons donc établir le tableau n° 3.

Dans ce cas simple, un des plus défavorables pour l'exactitude de la proportionnalité, comme nous le verrons plus tard, il y a un léger avantage pour une minorité réunissant de 15 à 35 % du nombre des votants, ou pour une majorité de 50 à 55 %. Mais cet avantage qui, dans ce dernier cas, servirait à mieux asseoir une majorité peu accentuée, résultat en somme assez utile pour assurer la stabilité, ne dépasserait jamais une nomination sur dix.

Encore ne doit-on pas croire qu'au point de vue mathématique, comme il pourrait le sembler au premier abord, un parti ait droit au nombre de députés dont la proportion du chiffre de ses adhérents le rapproche le plus : deux, par exemple, s'il a pour lui de 15 à 25 % du nombre des votants; trois, s'il en a de 25 à 35 %, etc., etc. Cette hypothèse conduirait à des conséquences absurdes.

Ainsi, supposons que la circonscription soit divisée entre cinq partis ayant respectivement 6, 16, 16, 26 et 36 % du nombre des votants. En attribuant à chacun le nombre de députés qui lui reviendrait d'après cette hypothèse, nous aurons :

Pour	6 % des électeurs	....	1	député
—	16 %	—	2	—
—	16 %	—	2	—
—	26 %	—	3	—
—	36 %	—	4	—
	100 %		12	

On aurait donc deux députés de plus qu'il ne faut.

Si, au contraire, on suppose que ces cinq partis réunissent respectivement 14, 14, 14, 24 et 34 °/₀ du nombre des votants, on arrive par un calcul semblable à un total de 8 députés seulement, c'est-à-dire deux de moins que la circonscription ne doit en élire.

Il faut donc bien reconnaître que, même au point de vue d'une répartition mathématique, l'écart autour du nombre de voix proportionnel au nombre de siéges à obtenir, peut s'étendre quelquefois assez loin.

Pour se rendre compte de ce qui arrivera lorsque trois listes différentes seront en présence, il faut faire une série d'hypothèses successives sur le nombre des votants qui se rattacheront à l'une d'entre elles, et examiner, dans chacune de ces hypothèses, comment se répartiront les siéges entre les trois listes, suivant le nombre des électeurs qui voteront pour chacune des deux autres. On arrivera ainsi, par une série de calculs toujours semblables, et dont il est inutile de donner le détail, à former des tableaux que l'on trouvera réunis à la fin de ce mémoire, avec d'autres analogues pour le cas où quatre listes se disputeraient les votes (tableaux n° 4 et n° 5).

On peut reconnaître en les examinant, que l'intervention d'une nouvelle liste concurrente ne fait qu'augmenter l'exactitude de la répartition proportionnelle. Le petit avantage que nous avons trouvé dans le cas de deux listes seulement, en faveur d'une minorité de 20 à 30 °/₀ du nombre des électeurs, s'atténue et disparaît. Il reste seulement, dans le cas de la presque parité entre plusieurs listes, une prédominance souvent assez marquée, donnée par les dernières nominations faites à la majorité relative, à celle qui compte un peu plus d'adhérents que les autres. Mais le désavantage qui en résulte pour les listes plus faibles ne va jamais au delà d'un siége en moins.

Nous avons supposé jusqu'à présent que toutes les voix se répartissaient entre des listes assez bien appuyées pour obtenir quelques nominations. Il est utile d'examiner l'influence que pourra avoir la dissémination d'un certain nombre de voix sur des listes trop faibles.

On trouvera (tableaux n° 6 et n° 7) les calculs faits en supposant 20 % de voix perdues dans le cas de deux et de trois listes sérieuses en présence. Il faut avoir soin, cette fois, de tenir compte du rapport du nombre des voix obtenues, non seulement avec le nombre total des voix *émises,* mais aussi avec celui des voix *utiles,* car il est clair que celles-ci doivent bénéficier des siéges correspondant aux voix perdues.

L'examen de ces tableaux montre que les nominations se répartissent entre les voix utiles, en proportion sensiblement exacte avec le nombre des adhérents de chaque liste. L'exactitude est tout aussi grande que lorsque nous avions supposé tous les électeurs ralliés aux listes principales.

Il nous reste enfin à examiner ce qui arrivera si chaque parti, au lieu de se grouper sur une liste unique, en présente plusieurs reproduisant les mêmes noms dans un ordre différent. Ce sera là évidemment le cas général dans une plus ou moins grande mesure. S'il nous a été possible d'étudier méthodiquement les résultats donnés par des listes uniformes, cette étude devient tout à fait impossible avec des listes variées, car rien ne saurait diriger dans le nombre indéfini d'hypothèses qui peuvent être faites sur l'arrangement des noms de ces différentes listes, et la proportion des voix recueillies par chacune. J'ai essayé d'un très grand nombre de suppositions diverses, et toujours je suis arrivé au même résultat : proportionnalité du nombre des nominations avec le nombre d'adhérents de chaque parti, avec un écart *maximum* d'une unité sur dix sur le nombre des siéges, dans les hypothèses les plus forcées. Ne pouvant reproduire tous ces calculs, j'ajoute seulement quelques tableaux pour donner une idée de l'influence exercée sur le résultat des votes, par la multiplicité des listes d'un même parti.

Les deux premiers (tableaux n°ˢ 8 et 9) se rapportent au cas déjà examiné de deux partis seulement en présence, réunissant, l'un (parti A) 60 %, l'autre (parti B), 40 % des suffrages. J'ai supposé d'abord (tableau n° 8) que le parti B restant compact et votant sur une seule liste, le parti A répartisse, au contraire, ses suffrages de telle sorte que trois candidats réunissent au premier rang plus de 10 °/₀ du nombre des votants. Il obtiendra ainsi trois nominations au premier dépouillement, et il semble au premier abord qu'il en résultera un grand avantage en sa faveur. Mais les candidats élus ainsi, étant évidemment les plus influents et les plus estimés de leur parti, auront certainement été portés en 2ᵉ ou en 3ᵉ ligne, par la plupart des électeurs qui ne les auront pas mis au premier rang, et absorberont entre eux trois la presque totalité des voix des trois premières lignes. Il y a donc fort peu de chances pour qu'un quatrième candidat réunisse au 2ᵉ dépouillement les 16,7 °/₀, ou au 3ᵉ, les 20 °/₀ qu'il lui faudrait pour être élu. Si la première de ces conditions était remplie, il deviendrait encore bien plus difficile qu'un cinquième candidat pût avoir au 3ᵉ dépouillement les 25 °/₀ qui lui seraient nécessaires. Or, le tableau n° 8 montre qu'il faudrait la réunion de ces deux circonstances improbables, pour que le parti A obtînt un seul siége de plus qu'il ne lui en revient d'après le nombre de ses adhérents.

On peut voir par le tableau n° 9, que dans le cas où le parti B diviserait ses voix comme le parti A, sur plusieurs listes différant par l'ordre dans lequel seraient placés les noms, l'exacte répartition des siéges serait encore mieux assurée. Il faudrait, pour que le parti B perdît un siége, que ses deux premiers candidats ayant absorbé les voix des deux premières lignes, de manière à ce qu'un troisième ne pût en réunir 20 °/₀, les trois candidats du parti A en eussent laissé au contraire assez de libres, pour qu'un quatrième candidat pût en obtenir 20 °/₀ au deuxième dépouillement, et un cinquième, 25 °/₀ au suivant.

Afin de mieux me rendre compte du résultat que pourrait amener la multiplicité des noms portés au premier rang par un même parti, j'ai étudié ce qui arriverait dans l'hypothèse où ce parti réussirait, par une savante manœuvre, à faire passer du premier coup le plus grand nombre possible de ses candidats, sans perdre ses voix sur eux en deuxième ou en troisième ligne. J'ai supposé que le parti A ait divisé ses voix entre quatre listes, identiques à partir de la deuxième ligne, mais portant au premier rang quatre noms différents, et qu'il ait pu si bien répartir ses votes, que chacune des listes obtienne sûrement plus de 10 °/₀ du nombre total. On peut voir par le tableau n° 10, que ce parti arrivera ainsi à obtenir 7 nominations, c'est-à-dire une seulement de plus qu'il ne lui en revient, et cela en supposant qu'il ait réussi à réaliser une manœuvre qui, dans la pratique, ne pourrait même être tentée, lorsqu'on aurait affaire à des milliers d'électeurs, et serait, de plus, fort dangereuse. Il pourrait arriver, en effet, que l'une des listes ne réunît pas les 10 °/₀ de voix nécessaires, et qu'un des candidats portés en tête se trouvât ainsi évincé.

On voit aussi par le tableau n° 11, qu'en supposant que les deux partis aient agi de la même manière, on retombe sur l'exacte proportionnalité.

Pour résumer ces calculs, j'ai voulu donner l'étude d'une hypothèse qui se rapprochât le plus possible des conditions qui se rencontreront dans un vote ordinaire. J'ai supposé trois partis différents, et 10 °/₀ de voix perdues. On reconnaît, à l'inspection du tableau n° 12, qu'il faut admettre des combinaisons invraisemblables pour faire gagner un siége à l'un des partis.

Je crois avoir suffisamment démontré quelle supériorité présenterait ce système de scrutin sur ceux en usage actuellement, par l'exacte répartition proportionnelle sur laquelle il permet de compter d'une manière presque absolue. Ce ne serait pas là son seul avantage.

Le scrutin uninominal entraîne avec lui des luttes personnelles passionnées dont l'effet est souvent déplorable, en particulier dans les petites villes. Les attaques violentes, les calomnies pleuvent sur chacun des candidats; les animosités s'enveniment; les divisions pénètrent dans la société et même dans les familles. Au lieu de tendre vers la conciliation, on voit s'accentuer l'antagonisme des partis, et, par suite, la tendance à reléguer au second rang l'intérêt général du pays. Le mode que nous proposons étant un scrutin de liste, ne présente ce danger que dans une bien moindre mesure.

Le scrutin de liste ordinaire partage avec le scrutin uninominal un autre inconvénient : c'est celui d'obliger l'électeur à une discipline absolue, sous peine de voir son vote rester inutile. C'est toujours entre deux noms, ou entre deux listes, fixés d'avance par des comités, que s'établit la lutte sérieuse. Tout vote émis en dehors de ces premiers choix est une voix perdue. De là, souvent, le grand nombre des abstentions. Certains électeurs, ne trouvant pas parmi les noms présentés à leur choix, ceux à qui ils désireraient donner leur suffrage, ne se dérangent pas pour aller porter dans l'urne un bulletin qu'ils savent devoir être inutile. D'autres, certains que la liste ou le nom qui a leur préférence obtiendra une forte majorité, ne se donnent pas la peine d'aller lui apporter une voix de plus.

Dans le système que nous proposons, au contraire, chaque électeur serait puissamment incité à prendre part à la lutte électorale. Les adhérents des partis peu nombreux, sachant qu'il suffit, pour être élu au premier dépouillement, de réunir une assez faible fraction du nombre total des voix émises, auront l'espoir d'obtenir au moins une nomination, en réunissant leurs votes pour porter le même nom en première ligne. Les adhérents des partis puissants n'auront plus seulement à faire prévaloir une liste de noms, dont ils connaissent quelquefois à peine la moitié, et pour lesquels cependant leur voix pèse du même poids : ils pourront, dans cette liste, faire un classement efficace, et intervenir ainsi d'une manière plus personnelle dans le choix de leurs mandataires. La lutte deviendra donc plus intéressante pour tous, et les abstentions seront par suite plus rares.

De cette intervention plus effective des électeurs dans le choix des candidats, résultera un autre avantage important : c'est que ce choix sera mieux fait. Lorsqu'une liste est composée par un comité peu nombreux, comme cela se passe forcément avec le scrutin de liste ordinaire, à côté des noms estimés et influents qui en font le succès, il s'en glisse toujours quelques-uns peu connus dans le pays, mais que des influences personnelles, des amitiés, des intrigues, des articles bruyants dans les journaux, font accoler aux autres. La liste faite, l'électeur est obligé de l'adopter en bloc, et ces noms passent à la faveur des premiers. Ce fait bien connu a été la base la plus sérieuse des attaques subies par le scrutin de liste, et on a baptisé ces candidats du nom de *remorqués*.

Il n'en sera plus de même lorsque dans les listes présentées par les comités, chaque électeur pourra faire lui-même son classement et mettre en première ligne les noms qu'il préfère. Pour peu que les partis opposés enlèvent quelques nominations, les premiers noms passeront seuls, et les *remorqués*, relégués au dernier rang, resteront sur le carreau.

On verra l'accès du Parlement ouvert ainsi à des hommes de haute valeur, assez appréciés dans la contrée qu'ils habitent pour être portés en première ligne par leurs concitoyens, mais ayant une notoriété trop peu étendue pour obtenir la majorité des suffrages dans tout un département.

Les électeurs ne pourront accueillir que favorablement un système qui leur donne une action plus directe sur le résultat des élections. Ils auront ainsi plus de liberté et une plus grande compétence dans le choix de leurs mandataires.

Rien n'empêcherait cependant l'emploi des listes imprimées qui simplifient les opérations électorales. D'après le résultat de tous les calculs, dans les hypothèses les plus diverses, la plus sûre tactique pour un parti serait encore de se grouper autour d'une liste unique. Ce serait au comité à la composer avec assez de tact pour qu'elle obtienne le plus grand nombre d'adhésions, et subisse le moins de modifications possible.

Une seule objection peut être faite à ce système : c'est que le dépouillement des votes sera un peu plus long qu'avec le scrutin de liste ordinaire. Nous ferons observer, d'abord, que cet inconvénient, fût-il beaucoup plus marqué qu'il ne le sera en réalité, trouverait une ample compensation dans cette considération qu'il n'y aura jamais lieu d'avoir recours à un second tour de scrutin. Il y aurait tout avantage à demander le premier jour aux scrutateurs un peu plus de travail, pour les mettre à l'abri de la chance d'avoir à recommencer quinze jours après, en dérangeant une seconde fois tout le corps électoral.

Mais il est même permis de croire que cette difficulté n'en est pas une, et qu'on arriverait facilement à faire le dépouillement aussi vite que pour le scrutin de liste ordinaire. Ordinairement les bulletins imprimés ayant d'abord été triés à chaque table de dépouillement, on appelle le nombre de voix que chacun des groupes de bulletins donne à chaque candidat, et les scrutateurs inscrivent ce nombre au-dessous du nom du candidat. Puis on fait la même opération pour chacun des bulletins écrits ou modifiés à la main. On n'a plus ensuite qu'à additionner.

Quelle différence y aura-t-il? Tout simplement, qu'à l'appel des noms portés sur chaque bulletin écrit, ou sur chaque groupe de bulletins imprimés, les scrutateurs inscriront les voix au dessous du nom des candidats, successivement à la première, puis à la seconde, puis à la troisième ligne, etc., etc., au lieu de les porter toujours à la suite sur une même ligne. L'opération n'en sera nullement allongée. Le seul travail supplémentaire, c'est qu'il faudra faire plusieurs additions partielles pour chaque candidat, au lieu d'une seule plus longue. S'il y a augmentation, elle sera peu sensible, et d'ailleurs le temps nécessaire pour ces opérations étant peu considérable relativement à celui qu'exige le dépouillement lui-même, l'ensemble du travail ne sera allongé que dans une très faible proportion.

En se servant d'imprimés ([1]) distribués à l'avance par l'admi-

---

([1]) On trouvera à la suite des tableaux un modèle d'imprimé pour dépouillement qui me paraîtrait assez commode. En dessous de chaque nom de candidat se trouvent trois colonnes. La première servirait au dépouillement des votes isolés; elle contient sur chaque ligne dix points marqués à l'avance; à chaque voix appelée, le scrutateur tracerait une barre sur l'un des points, et lorsque tous les points seraient barrés, il inscrirait 10 dans la seconde colonne, où il inscrirait également le nombre total des voix données par chaque groupe de bulletins imprimés. Le dépouillement terminé, les additions faites dans cette seconde colonne pour chaque ligne des bulletins donneraient des totaux qui seraient reportés dans la troisième colonne, et s'additionneraient ensuite successivement pour former les totaux par chaque dépouillement partiel.

J'ai supposé le dépouillement commencé pour les trois premiers candidats, afin de faire voir plus clairement la manière d'opérer.

J'ai admis l'existence de trois groupes de bulletins imprimés, différant par l'ordre dans lequel seraient inscrits les noms, et réunissant, l'un 23, l'autre 12, et le troisième 7 voix.

nistration, l'opération serait extrêmement simple et se ferait avec ordre et régularité.

Dans tous les cas, le léger surcroît de calculs que l'on aura à faire, dût-il être beaucoup plus considérable, ne saurait entrer sérieusement en ligne de compte, en face des avantages d'une tout autre portée qui seront obtenus pour la valeur du scrutin lui-même.

Tableau n° 1

10 DÉPUTÉS A ÉLIRE

2 Listes : A. 60 °/o ; — B. 40 °/o des voix.

	Nombre de députés à élire	Quantité de voix nécessaire	NOMINATIONS OBTENUES		
			Liste A	liste B	Total
1er dépouil¹	10	10 °/o	1	1	2
2e — .	8	12,5	1	1	2
3e — .	6	16,7	1	1	2
4e — .	4	25	1	1	2
5e — .	2	50	1	»	1
Dép. total.	1	Maj. rel.	1	»	1
Total.....			6	4	10

Tableau n° 2

10 DÉPUTÉS A ÉLIRE

3 Listes : A. 50 °/o ; B. 30 °/o ; C. 20 °/o des voix.

	Nombre de députés à élire	Quantité de voix nécessaire	NOMINATIONS OBTENUES			
			Liste A	liste B	Liste C	Total
1er dépt.	10	10 °/o	1	1	1	3
2e — .	7	14,2	1	1	1	3
3e — .	4	25	1	1	»	2
4e — .	2	50	1	»	»	1
Dép. total.	1	Maj. rel.	1			1
Totaux...			5	3	2	10

Tableau n° 3

10 DÉPUTÉS A ÉLIRE

2 Listes en présence.

NOMBRE DE VOIX obtenues par une liste	Nombre DE NOMINATIONS correspondant
0 à 10 °/o	0
10 à 12,5	1
12,5 à 16,7	2
16,7 à 25	3
25 à 50	4
50	5
50 à 75	6
75 à 83.3	7
83,3 à 87,5	8
87,5 à 90	9
90 à 100	10

Tableau n° 4

10 DÉPUTÉS A ÉLIRE. — 3 Listes (A, B, C) en présence.

La liste C ayant 10 °/o des voix		La liste C ayant 20 °/o des voix		La liste C ayant 30 °/o des voix		La liste C ayant 40 °/o des voix		La liste C ayant 50 °/o des voix		La liste C ayant 60 °/o des voix		La liste C ayant 70 °/o des voix		La liste C ayant 80 °/o des voix	
Nombre de voix obtenues par la liste A	Nombre de nominations correspondant	Nombre de voix obtenues par la liste A	Nombre de nominations correspondant	Nombre de voix obtenues par la liste A	Nombre de nominations correspondant	Nombre de voix obtenues par la liste A	Nombre de nominations correspondant	Nombre de voix obtenues par la liste A	Nombre de nominations correspondant	Nombre de voix obtenues par la liste A	Nombre de nominations correspondant	Nombre de voix obtenues par la liste A	Nombre de nominations correspondant	Nombre de voix obtenues par la liste A	Nombre de nominations correspondant
0 à 10 °/o	»	0 à 10 °/o	»	0 à 10 °/o	»	0 à 10 °/o	»	0 à 10 °/o	»	0 à 10 °/o	»	0 à 10 °/o	»	0 à 10 °/o	»
10 à 14,3	1	10 à 14,3	1	10 à 14,3	1	10 à 14,3	1	10 à 14,3	1	10 à 14,3	1	10 à 14,3	1	10 à 12,5	1
14,3 à 20	2	14,3 à 25	2	14,3 à 25	2	14,3 à 25	2	14,3 à 25	2	14,3 à 25	2	14,3 à 20	2	12,5 à 16,7	2
20 à 33,3	3	25 à 40	3	25 à 35	3	25 à 35,7	3	25 à 35,7	3	25 à 30	3	20 à 25	3	16,7 à 20	3
33,3 à 45	4	40 à 55	5	35 à 45	4	35,7 à 50	4	35,7 à 50	4	30 à 40	4	25 à 30	4		
45 à 56,7	5	55 à 65,7	6	45 à 55,7	5										
56,7 à 70	6	65,7 à 80	7	55,7 à 70	6										
70 à 75,7	7														
75,7 à 80	8														
80 à 90	9														

Tableau n° 5

10 DÉPUTÉS A ÉLIRE. — 4 listes (A, B, C, D) en présence.

Premier bloc

La liste C ayant 10% des voix / La liste D ayant 10%		La liste C ayant 20% des voix / La liste D ayant 10%		La liste C ayant 30% des voix / La liste D ayant 10%		La liste C ayant 40% des voix / La liste D ayant 10%		La liste C ayant 50% des voix / La liste D ayant 10%		La liste C ayant 60% des voix / La liste D ayant 10%		La liste C ayant 70% des voix / La liste D ayant 10%		La liste C ayant 20% des voix / La liste D ayant [illegible]	
Nombre de voix obtenues par la liste A	Nombre de nominations correspondant	Nombre de voix obtenues par la liste A	Nombre de nominations correspondant	Nombre de voix obtenues par la liste A	Nombre de nominations correspondant	Nombre de voix obtenues par la liste A	Nombre de nominations correspondant	Nombre de voix obtenues par la liste A	Nombre de nominations correspondant	Nombre de voix obtenues par la liste A	Nombre de nominations correspondant	Nombre de voix obtenues par la liste A	Nombre de nominations correspondant	Nombre de voix obtenues par la liste A	Nombre de nominations correspondant
0 à 10 %	»	0 à 10 %	»	0 à 10 %	»	0 à 10 %	»	0 à 10 %	»	0 à 10 %	»	0 à 10 %	»	0 à 10 %	
10 à 16,7	1	10 à 16,7	1	10 à 16,7	1	10 à 16,7	1	10 à 16,7	1	10 à 16,7	1	10 à 16,7	1	10 à 16,7	
16,7 à 25	2	16,7 à 33,3	2	16,7 à 30	2	16,7 à 33,3	2	16,7 à 25	2	16,7 à 20	2	16,7 à 20	2	16,7 à 30	
25 à 40	3	33,3 à 35	3	30 à 50	5	33,3 à 40	3	25 à 33,3	3	20 à 30	3			30 à 43,3	
40 à 55	5	35 à 36,7	4	50 à 60	6	40 à 50	5	33,3 à 40	4					43,3 à 50	
55 à 63,3	6	36,7 à 53,3	5											50 à 60	
63,3 à 70	7	53,3 à 60	6												
70 à 80	8	60 à 70	7												

Second bloc

La liste C ayant 30% des voix / La liste D ayant 20%		La liste C ayant 40% des voix / La liste D ayant 20%		La liste C ayant 50% des voix / La liste D ayant 20%		La liste C ayant 60% des voix / La liste D ayant 20%		La liste C ayant 30% des voix / La liste D ayant 30%		La liste C ayant 40% des voix / La liste D ayant 30%		La liste C ayant 50% des voix / La liste D ayant 30%		La liste C ayant 40% des voix / La liste D ayant [illegible]	
Nombre de voix obtenues par la liste A	Nombre de nominations correspondant	Nombre de voix obtenues par la liste A	Nombre de nominations correspondant	Nombre de voix obtenues par la liste A	Nombre de nominations correspondant	Nombre de voix obtenues par la liste A	Nombre de nominations correspondant	Nombre de voix obtenues par la liste A	Nombre de nominations correspondant	Nombre de voix obtenues par la liste A	Nombre de nominations correspondant	Nombre de voix obtenues par la liste A	Nombre de nominations correspondant	Nombre de voix obtenues par la liste A	Nombre de nominations correspondant
0 à 10 %	»	0 à 10 %	»	0 à 10 %	»	0 à 10 %	»	0 à 10 %	»	0 à 10 %	»	0 à 10 %	»	0 à 10 %	»
10 à 16,7	1	10 à 16,7	1	10 à 16,7	1	10 à 14,3	1	10 à 16,7	1	10 à 16,7	1	10 à 14,3	1	10 à 14,3	1
16,7 à 30	2	16,7 à 30	2	16,7 à 25	2	14,3 à 20	2	16,7 à 30	2	16,7 à 30	2	14,3 à 20	2	14,3 à 20	2
30 à 33,3	4	30 à 40	3	25 à 30	3			30 à 40	4						
33,3 à 50	5														

Tableau n° 6

10 DÉPUTÉS A ÉLIRE
2 Listes sérieuses en présence.
20 % de voix perdues.

Nombre de voix obtenues par la liste A proportionnellement		Nombre de nominations correspondant
aux voix émises	aux voix utiles	
0 à 10 %	0 à 12,5 %	»
10 à 12,5	12,5 à 15,6	1
12,5 à 16,7	15,6 à 20,8	2
16,7 à 25	20,8 à 31,3	3
25 à 40	31,3 à 50	4
40	50	5
40 à 55	50 à 68,7	6
55 à 63,3	68,7 à 79,2	7
63,3 à 67,5	79,2 à 84,4	8
67,5 à 70	84,4 à 87,5	9
70 à 80	87,5 à 100	10

Tableau n° 7

10 DÉPUTÉS A ÉLIRE. — 3 Listes sérieuses en présence. Voix perdues : 20 %.

La liste C réunissant 10 % des voix.		Nombre de nominations correspondant	La liste C réunissant 20 % des voix.		Nombre de nominations correspondant	La liste C réunissant 30 % des voix.		Nombre de nominations correspondant	La liste C réunissant 40 % des voix.		Nombre de nominations correspondant
Nombre de voix obtenues par la liste A proportionnellement			Nombre de voix obtenues par la liste A proportionnellement			Nombre de voix obtenues par la liste A proportionnellement			Nombre de voix obtenues par la liste A proportionnellement		
aux voix émises	aux voix utiles		aux voix émises	aux voix utiles		aux voix émises	aux voix utiles		aux voix émises	aux voix utiles	
0 à 10 %	0 à 12,5 %	»	0 à 10 %	0 à 12,5 %	»	0 à 10 %	0 à 12,5 %	»	0 à 10 %	0 à 12,5 %	»
10 à 14,3	12,5 à 17,9	1	10 à 14,3	12,5 à 17,9	1	10 à 14,3	12,5 à 17,9	1	10 à 14,3	12,5 à 17,9	1
14,3 à 20	17,9 à 25	2	14,3 à 25	17,9 à 31,25	2	14,3 à 25	17,9 à 31,25	2	14,3 à 25,7	17,9 à 32,2	2
20 à 33,3	25 à 41,6	3	25 à 30	31,25 à 37,5	3	25 à 30	31,25 à 37,5	3	25,7 à 30	32,2 à 37,5	3
33,3 à 35	41,6 à 43,75	4	30 à 35	37,5 à 43,75	5	30 à 35,7	37,5 à 44,6	5	30 à 40	37,5 à 50	4
35 à 36,7	43,75 à 45,8	5	35 à 50	43,75 à 62,5	6	35,7 à 50	44,6 à 62,5	6			
36,7 à 50	45,8 à 62,5	6	50 à 60	62,5 à 75	7			7			
50 à 55,7	62,5 à 69,6	7									
55,7 à 60	69,6 à 75	8									
60 à 70	75 à 87,5	9									

Tableau n° 7 (SUITE)

10 DÉPUTÉS A ÉLIRE. — 3 Listes sérieuses en présence.
Voix perdues : 20 %.

La liste C réunissant 50 % des voix.		Nombre de nominations correspondant	La liste C réunissant 60 % des voix.		Nombre de nominations correspondant
Nombre de voix obtenues par la liste A proportionnellement			Nombre de voix obtenues par la liste A proportionnellement		
aux voix émises	aux voix utiles		aux voix émises	aux voix utiles	
0 à 10 %	0 à 12,5 %	»	0 à 10 %	0 à 12,5 %	»
10 à 14,3	12,5 à 17,9	1	10 à 12,5	12,5 à 15,6	1
14,3 à 20	17,9 à 25	2	12,5 à 16,7	15,6 à 20,8	2
20 à 25	25 à 31,25	3	16,7 à 20	20,8 à 25	3
25 à 30	31,25 à 37,5	4			

Tableau n° 8

10 DÉPUTÉS A ÉLIRE. — 2 partis : A. 60 % des voix, listes diverses. — B. 40 % des voix, liste unique.

1re Hypothèse, la plus probable

	Nombre de députés à élire	Quantité de voix nécessaire	Parti A	Parti B	Total
1er dépouill	10	10 %	3	1	4
2e — .	6	16,7	»	1	1
3e — .	5	20	»	1	1
4e — .	4	25	1	1	2
5e — .	2	50	1	»	1
Dép. total.	1	Maj. rel.	1	»	1
Totaux...			6	4	10

2e Hypothèse, moins probable

	Nombre de députés à élire	Quantité de voix nécessaire	Parti A	Parti B	Total
1er dépouill	10	10 %	3	1	4
2e — .	6	16,7	»	1	1
3e — .	5	20	1	1	2
4e — .	3	33,3	1	1	2
Dép. total.	1	Maj. rel.	1	»	1
Totaux...			6	4	10

3e Hypothèse, moins probable

	Nombre de députés à élire	Quantité de voix nécessaire	Parti A	Parti B	Total
1er dépouill	10	10 %	3	1	4
2e — .	6	16,7	1	1	2
3e — .	4	25	»	1	1
4e — .	3	33,3	1	1	2
Dép. total.	1	Maj. rel.	1	»	1
Totaux...			6	4	10

4e Hypothèse, la plus improbable

	Nombre de députés à élire	Quantité de voix nécessaire	Parti A	Parti B	Total
1er dépouill	10	10 %	3	1	4
2e — .	6	16,7	1	1	2
3e — .	4	25	1	1	2
4e — .	2	50	1	»	1
Dép. total.	1	Maj. rel.	1	»	1
Totaux...			7	3	10

Tableau n° 9

10 DÉPUTÉS A ÉLIRE. — 2 partis : A. 60 % des voix, listes diverses. — B. 40 % des voix, listes diverses.

1re Hypothèse, la plus probable

	Nombre de députés à élire	Quantité de voix nécessaire	Parti A	Parti B	Total
1er dépouill	10	10 %	3	2	5
2e — .	5	20	»	»	»
3e — .	5	20	»	1	1
4e — .	4	25	1	1	2
5e — .	2	50	1	»	1
Dép. total.	1	Maj. rel.	1	»	1
Totaux...			6	4	10

2e Hypothèse, moins probable

	Nombre de députés à élire	Quantité de voix nécessaire	Parti A	Parti B	Total
1er dépouill	10	10 %	3	2	5
2e — .	5	20	»	»	»
3e — .	5	20	1	1	2
4e — .	3	33,3	1	1	2
Dép. total.	1	Maj. rel.	1	»	1
Totaux...			6	4	10

3e Hypothèse, la plus improbable

	Nombre de députés à élire	Quantité de voix nécessaire	Parti A	Parti B	Total
1er dépouill	10	10 %	3	2	5
2e — .	5	20	1	»	1
3e — .	4	25	1	1	2
4e — .	2	50	1	»	1
Dép. total.	1	Maj. rel.	1	»	1
Totaux...			7	3	10

Tableau n° 10

10 DÉPUTÉS A ÉLIRE

2 partis : A, 60 %; réparties à peu près également
entre 4 listes disposées ainsi ;

$$a_1\ a_2\ a_3\ a_4$$
$$a_5\ a_6\ a_5\ a_6$$
$$a_8\ a_6\ a_6\ a_8$$
$$a_7\ a_7\ a_7\ a_7$$
$$a_9\ a_8\ a_8\ a_8$$

B, 40 % des voix. — Liste unique.

	Nombre de députés à élire	Quantité de voix nécessaire	NOMINATIONS OBTENUES		
			Parti A	Parti B	Total
1er dépouill.	10	10 %	4	1	5
2e — .	5	20	1	1	2
3e — .	3	33,3	1	1	2
Dép. total.	1	Maj. rel.	1	»	1
			7	3	10

Tableau n° 11

10 DÉPUTÉS A ÉLIRE

2 partis. — A, 60 % des voix, réparties
comme au tableau n° 10 ;

B, 40 % des voix, réparties de la même manière

	Nombre de députés à élire	Quantité de voix nécessaire	NOMINATIONS OBTENUES		
			Parti A	Parti B	Total
1er dépouil.	10	10 %	4	3	7
2e — .	3	33,3	1	1	2
Dép. total.	1	Maj. rel.	1	»	1
			6	4	10

Tableau n° 12

10 DÉPUTÉS A ÉLIRE

3 partis. — A ayant 40 % des voix émises, 44,5 des voix utiles
B — 30 % — 31,3 —
C — 20 % — 22,2 —
Voix perdues 10 %

Chaque parti ayant une liste unique

	Nombre de députés à élire	Quantité de voix nécessaire	Nominations obtenues			
			A	B	C	Total
1er dépouill.	10	10 %	1	1	1	3
— .	7	14,2	1	1	1	3
— .	4	25	1	1	»	2
— .	2	50	»	»	»	»
Dép. total.	2	Maj. rel.	2	»	»	2
Totaux..			5	3	2	10

Chaque parti ayant plusieurs listes — Hypothèse la plus probable

	Nombre de députés à élire	Quantité de voix nécessaire	Nominations obtenues			
			A	B	C	Total
1er dépouill.	10	10 %	2	2	1	5
2e — .	5	20	»	»	1	1
3e — .	4	25	1	1	»	2
4e — .	2	50	»	»	»	»
Dép. total.	2	Maj. rel.	2	»	»	2
Totaux..			5	3	2	10

Chaque parti ayant plusieurs listes — Hypothèse peu probable

	Nombre de députés à élire	Quantité de voix nécessaire	Nominations obtenues			
			A	B	C	Total
1er dépouill.	10	10 %	3	2	1	6
2e — .	4	25	»	»	»	»
3e — .	4	25	»	1	»	1
4e — .	3	33,3	1	»	»	1
5e — .	2	50	»	»	»	»
Dép. total.	2	Maj. rel.	2	»	»	2
Totaux..			6	3	1	10

Chaque parti ayant plusieurs listes — Hypothèse peu probable

	Nombre de députés à élire	Quantité de voix nécessaire	Nominations obtenues			
			A	B	C	Total
1er dépouill.	10	10 %	2	2	1	5
2e — .	5	20	1	»	1	2
3e — .	3	33,3	1	»	»	1
4e — .	2	50	»	»	»	»
Dép. total.	2	Maj. rel.	2	»	»	2
Totaux..			6	2	2	10

Feuille de Dépouillement

SCRUTIN du .... | | COMMUNE OU SECTION DE ....

NOTA. — La colonne 1 est destinée au dépouillement des votes isolés. La colonne 2 recevra ces votes groupés par dizaines, et les votes imprimés par groupes de bulletins semblables. Dans la colonne 3 seront portés les totaux par ligne.

	M. A......			M. B......			M. C......			M. D......			M. E......			M. F......			M. G......		
	1	**2**	**3**	**1**	**2**	**3**	**1**	**2**	**3**	**1**	**2**	**3**	**1**	**2**	**3**	**1**	**2**	**3**	**1**	**2**	**3**
1re LIGNE des bulletins.	bull. imp.	23		bull. imp.	7		ll........	2													
	bull. imp.	12		lll........	3																
	llllllllll	10																			
	lllll lll..	8																			
Totaux de la 1re ligne.		53	53		10	10		2	2												
2e LIGNE des bulletins.	bull. imp.	7		bull. imp.	23		bull. imp.	12													
	lll........	3		llllllll.	9		lllll.....	5													
Totaux de la 2e ligne.		10	10		32	32		17	17												
Totaux des 2 1res lignes.			63			42			19												
3e LIGNE des bulletins.	ll........	2		bull. imp.	12		bull. imp.	23													
				llllll....	6		llllll....	6													
Totaux de la 3e ligne..		2	2		18	18		29	29												
Totaux des 3 1res lignes.			65			60			48												
4e LIGNE des bulletins.				lllll.....	5		bull. imp.	7													
							lll........	3													
Totaux de la 4e ligne..					5	5		10	10												
Totaux des 4 1res lignes.			65			65			58												
5e LIGNE des bulletins.							lllll.....	5													
Totaux de la 5e ligne..								5	5												
Totaux des 5 1res lignes.			65			65			63												

Etc., etc.

Bordeaux. — Imp. G. Gounouilhou, rue Guiraude, 11